Pierrot Sceptique

PARIS
EDOUARD ROUVEYRE
ÉDITEUR
1, rue des Sts Pères
1881

Chéret

Pantomime

par L. Hennique & J. K. Huysmans

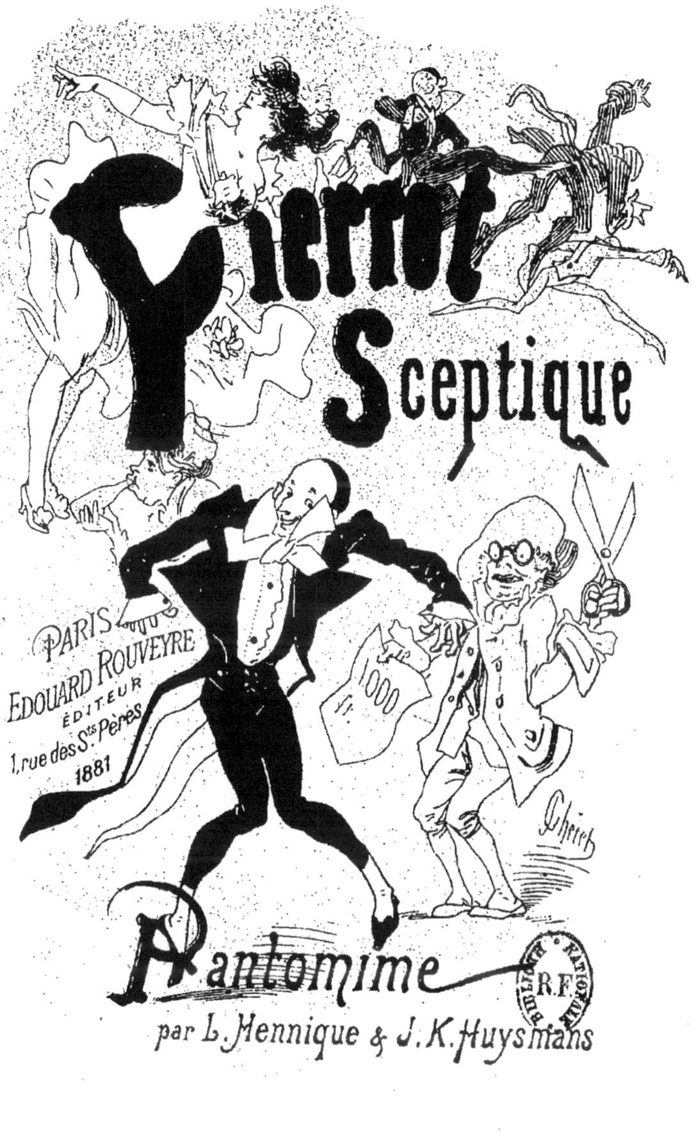

PIERROT SCEPTIQUE

CETTE PANTOMIME A ÉTÉ IMPRIMÉE

SUR LES

Presses de J. Chéret, imprimeur à Paris

TIRAGE :

Trois cent douze Exemplaires, tous numérotés

JUSTIFICATION DU TIRAGE

1	Exemplaire sur parchemin,			n° 1.
5	—	sur papier rose,		n° 2 à 6.
46	—	—	du Japon fort, glacé,	n° 7 à 52.
260	—	—	Seychall Mill,	n° 53 à 312.

N° 18

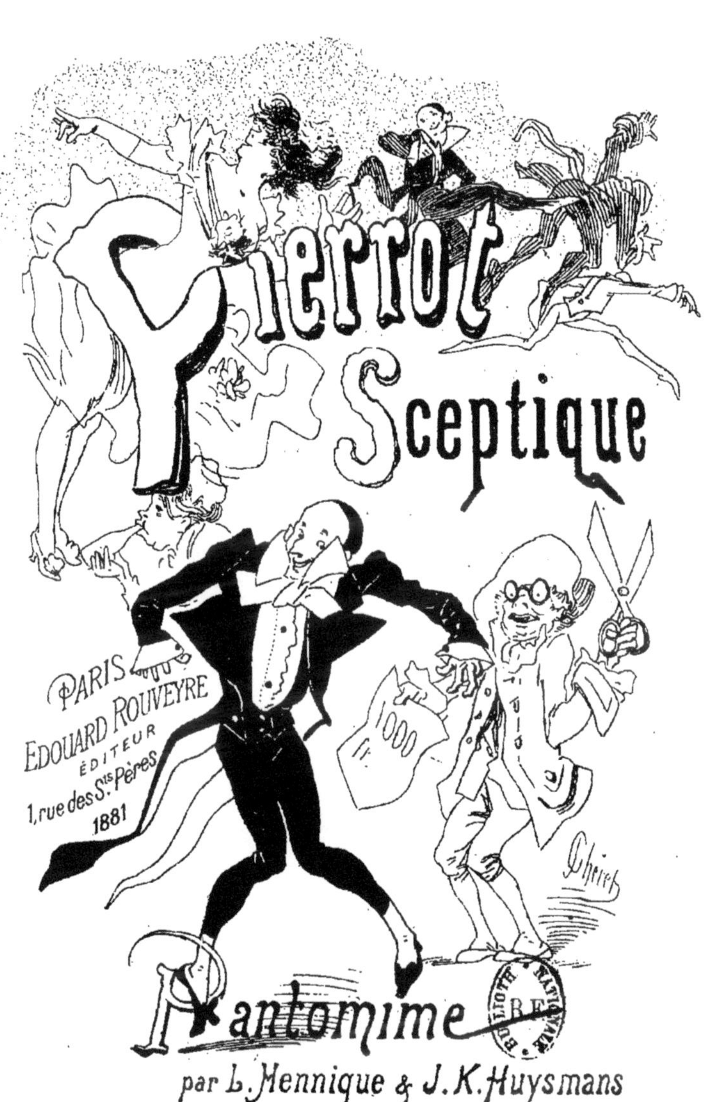
Pierrot
Sceptique
PARIS
EDOUARD ROUVEYRE
ÉDITEUR
1, rue des Sts Pères
1881
1000
Chéret
Pantomime
par L. Hennique & J.K. Huysmans

PIERROT
Sceptique

PANTOMIME

PAR

LÉON HENNIQUE & J.-K. HUYSMANS

DESSINS DE JULES CHÉRET

PARIS
Librairie ancienne et moderne
ÉDOUARD ROUVEYRE
1, RUE DES SAINTS-PÈRES, 1
1881

A L'EXCELLENT PEINTRE

A. GUILLEMET

Ses Amis

LÉON HENNIQUE J.-K. HUYSMANS

PERSONNAGES

PIERROT.

UN TAILLEUR.

UN COIFFEUR.

UN DÉCROTTEUR.

UN MARBRIER.

UN GOMMEUX.

LA SIDONIE.

LA THÉRÈSE.

UNE VIEILLE FEMME.

Invités, Gens du Peuple, Enfants, Croque-Morts, Pompiers

PIERROT SCEPTIQUE

C'est dans une ville, sur une petite place arrondie en demi-lune et qu'enferment, à droite un cabaret, le porche d'un église, à gauche une boutique de mercerie, un éventaire d'immortelles, au fond, l'entrée de la maison de Pierrot, l'officine d'un coiffeur.

Le cabaret est rouge, garni de barreaux autour desquels festonnent des pampres en tôle avec des grappes de raisins tout bleus. Les joies furieuses des pochardises ont saccagé les vitres.

La boutique du mercier possède la friperie des marmailles : leurs tabliers, leurs bourrelets, leurs cottes, d'étonnants talmas pour nouveaux-nés, de courtes langes, quatre pantalons aux fentes nécessaires.

Le magasin du fleuriste étale tous les ridicules emblêmes des douleurs humaines : des cerceaux d'immortelles, des couronnes en perle avec des mains de plâtre enlacées au centre, des feuillages de taffetas, des médaillons où les initiales des défunts, fabriquées avec des cheveux, semblent encore assouplies et poissées par les philocomes.

Des tentures noires, écussonnées d'un P d'argent, encadrent l'entrée de la maison où gît, sur un tréteau, dans sa boîte éclairée par six chandelles, le corps de dame Pierrot, morte à la fleur de l'âge; cependant que, à côté, dans la devanture vert pomme d'un perruquier, toute blanche sous ses cheveux orange, tourne, tourne, comme en un mouvement ralenti de valse, une chérissable et silencieuse sidonie.

Au-dessus du cercueil de sa femme, dans sa chambre à coucher tendue de papier clair, Pierrot se vêt de noir pour la cérémonie. Des mendiants, fleuris d'ulcères et damassés de dartres, causent devant l'église. Les cloches sonnent à toute volée.

SCÈNE PREMIÈRE

PIERROT, LE TAILLEUR

Durant les deux premières scènes, on verra des gens à longs cheveux, à barbes incultes, entrer au rez-de-chaussée du coiffeur et en sortir la tête rase et les joues nues.

Au lever du rideau, le chef blême de Pierrot émerge d'un sac de percaline noire qui l'enveloppe du col aux genoux. Il écoute attentivement la réclame que lui mime un tailleur de Poméranie. D'ailleurs l'invention est simple! mais il s'agissait de la trouver. Étant donné un sac de percaline, en tirer un habit de drap noir, tel était le problème.

De là, coups de ciseaux dans le devant, dans le derrière, dans le flanc gauche, dans le flanc droit, en haut, en bas, partout. Un, deux, trois, passez muscade! l'habit est prêt.

(A mesure qu'il s'exprime, le tailleur avec rapidité coupe l'habit sur Pierrot)

Pierrot va se regarder dans la glace de son armoire et gambade, prix d'une joie folle. Cette rapide manière de façonner un habit lui plait; il félicite l'artiste, lui presse les mains, l'étreint et le pousse vigoureusement vers la porte, mais celui-ci s'arc-boutant tire de sa poche une note sur laquelle, en gros caractères, s'étale le chiffre

MILLE FRANCS

Pierrot demeure béant, puis sa stupeur s'achève en un sourire. Ah! c'est mille francs, gesticule-t-il?... Comment, ce n'est que mille francs? pas plus?... Vous êtes bien honnête. J'ai justement des tas d'or dans mon armoire. Approchez, mon ami, approchez, la vue n'en coûte rien.

Dix fois le tailleur salue Pierrot, dix fois il s'incline jusques à terre et trouve sa platitude à peine suffisante. Le maître de la maison entrouve l'armoire; des monceaux de pièces de vingt francs fulgurent.

Le tailleur éperdu sanglote dans les bras de Pierrot.

— Tout doux, lui fait Pierrot, vos larmes salissent mon habit... Portez cette chaise à l'autre bout de la chambre... secouez ce tapis... ouvrez la porte de ce placard, plus large... plus large encore... c'est bien.

Et vlan! d'un formidable coup de pied au cul, il le jette dans le placard et referme la porte sur lui.

SCÈNE DEUXIÈME

PIERROT (seul)

Puisse le ciel traiter ainsi tous ses créanciers!

Sur ces entrefaites, petit à petit, la voix des cloches de l'église s'affaiblit. Leur babil s'envole plus atténué chaque fois, puis s'allanguit et meurt en l'imperceptible soupir d'un enfant qui dort.

« Ne serait-il pas temps d'achever ma toilette, pense Pierrot? Oh! comme ma femme, dans son cercueil, doit s'ennuyer!... Elle était si joyeuse à table!... si polissonne!... *(Il montre le lit)*

Morte!... Elle est au ciel peut-être... tant pis! sur ce, faisons-nous coiffer.

Il saisit un balai, se penche et brise un des carreaux de la devanture du coiffeur, à seule fin d'attirer son attention. (*Fracas de vitres*).

SCÈNE TROISIÈME

PIERROT, LE COIFFEUR

Celui-ci sort précipitamment de sa boutique; Pierrot le renverse d'un coup de balai.

Le coiffeur est un petit homme jaune comme un coing et velu comme un ours. Il croit à son métier; aussi, à peine debout, encore très ahuri, prend-t-il à pleine main les poils du balai, et s'apprête-t-il à leur faire subir une coupe raisonnée. Mais Pierrot retire son balai. Il salue froidement le coiffeur.

— Montez.

— A vos ordres.

— Avez-vous votre trousse?

— Toujours.

Le coiffeur file le long du cadavre qu'il salue, monte et se trouve en face de Pierrot dont la mine l'impressionne.

— Oui, je comprends..., gesticule le coiffeur..., cette pauvre madame Pierrot!... mes sympathies douloureuses vous sont acquises.

Cette phrase blesse Pierrot. Il n'a besoin des sympathies douloureuses de personne. Si sa femme a commis la bêtise de mourir, il n'en est en aucune façon responsable. D'autres femmes errent, en quête du Monsieur qui acceptera leurs amoureuses exigences, il saura choisir parmi elles, voilà ! et vive la ligne !

— Très-bien, affirme le coiffeur.

— Votre opinion m'importe fort peu, et quant à vos condoléances, elles m'exaspèrent. Un mot de plus et je vous giffle. Dépêchons, il s'agirait de m'arranger la tête.

Le coiffeur approche une chaise ; Pierrot s'assied et pour la première fois peut-être, cet artiste découvre que son client est chauve.

— Comment faire ?

Il passe devant Pierrot et simule le geste d'un homme qui pousse une boule de billard. Pierrot sourit, doucement flatté. « Que de gens voudraient être à sa place !... car enfin à quoi servent les cheveux quand l'heure du déduit sonne ?... Les baisers ne courent-ils pas mieux sur l'ivoire des crânes ?

— C'est vrai !... mais comment faire ?

— Coiffez, ça m'est égal.

— J'ai justement sur moi de la pommade.

— Oui, mais quelle pommade ? (*le coiffeur la lui montre*).

— De la blanche ? jamais.

Pierrot sait ce que l'on doit aux morts. C'est de la pommade noire qu'il lui faut..., de la pommade de deuil !

— Il n'en existe pas, répond le coiffeur.

— Qu'importe!... on en invente.

Et Pierrot menace le coiffeur de le rosser comme plâtre.

Alors, affolé, celui-ci s'arrache plusieurs poignées de cheveux qu'il éparpille. Mais voici que passe un décrotteur. Se frapper le front, rattrapper quelques-uns des cheveux qui volent et se les remettre sur la tête, empoigner les brosses et le cirage de l'auvergnat, remonter vers Pierrot comme une flèche, tout cela pour le merlan est l'affaire d'une seconde.

Cependant Pierrot s'est endormi.

Le coiffeur trempe son doigt dans la boîte à cirage, frotte l'une contre l'autre en un mouvement circulaire les paumes de ses mains et dépose l'enduit ainsi fondu sur le crâne glabre de Pierrot, puis il prend ses brosses et se met à lui cirer le sinciput, à tour de bras comme une paire de bottes.

Pierrot s'est réveillé. D'abord satisfait par le chatouillement, il a manifesté son plaisir par des grimaces presque lascives, mais peu à peu une intolérable cuisson transforme le cours de ses idées, et soudain, menaçant de prendre feu, sa tête déjà semblable à du cuir verni, il bondit sur le coiffeur qui, battu et roué, tombe dans la rue et se sauve.

(A ce moment les premiers invités paraissent).

SCÈNE QUATRIÈME

PIERROT, INVITÉS, CROQUE-MORTS

Le premier groupe des invités entre par la droite, le second par la gauche; ils se saluent profondément, puis hommes et femmes, tous en deuil, se pressent les mains, s'essuient les yeux, et, quittant leur air affligé, ricanent.

Pierrot pousse des hurlements de douleur, on se montre sa chambre d'un air navré; lui, l'effet produit, se tape les cuisses et rit aux larmes.

Arrivent d'autres invités, après un nouvel échange de politesses, tous montent chez Pierrot.

Grave, dans une posture napoléonienne, la seringue de la défunte à la main, il les attend. Il embrasse les femmes, repousse les vieillards, néglige les hommes, se fait renifler sur la main par les enfants.

Sans cesse des invités gravissent l'escalier, c'est une marée qui envahit la chambre. Pierrot recule, cerné de toute part; le flot finit par le clouer contre la muraille. Alors il brandit sa seringue, la braque contre les invités. Ceux-ci d'abord prennent la chose en plaisanterie, mais lui voyant tirer le piston, ils s'effarent. L'eau jaillit et frappe au visage le premier rang. Le jet tournant d'une mitrailleuse ne les faucherait pas moins. On roule, on se relève, on fuit vers l'escalier; la seringue crache, inépuisable. Pêle-mêle on finit par déboucher sur la place.

Les ordonnateurs funèbres sont à leur poste, recommandent le calme. Pierrot les a vus et il descend, austère, presque triste.

Les croque-morts empoignent la bière. En route pour le Père-Lachaise !

— Passez, dit Pierrot aux invités... Je sais bien que ce n'est pas la coutume, mais pour une fois.

On s'incline.

Pierrot reste seul, la face très blanche au milieu du crépuscule.

SCÈNE CINQUIÈME

PIERROT, PUIS LE DÉCROTTEUR

Longtemps sa main arrondie comme une lorgnette, il regardera s'éloigner les véritables amis de sa femme. Quand ils seront très loin, il esquissera une gigue désordonnée. Un décrotteur complaisamment lui fera vis-à-vis.

Les délicats se comprennent.

Bras dessus, bras dessous, ils finiront par entrer au cabaret.

La nuit descend. Elle enténèbre les encoignures des portes, emplit le renfoncement des fenêtres, creuse encore le porche de l'église ; elle coule sur les pavés, monte sur les façades des maisons,

aiguise l'arête de leurs toits qui tranchent en deux le disque brouillé d'une indécise lune.

SCÈNE SIXIÈME

LA SIDONIE (seule)

Dans le silence, au milieu du calme pénétrant de la place, brusquement l'étalage du coiffeur s'allume et, sur un rideau de chevelures, la sidonie va étinceler, les épaules nues, la bouche rose, les seins étayés par un corsage de satin blanc. Elle étincelle. De la lumière l'encadre d'une auréole et elle apparaît, immobile, la physionomie placide, divine en son costume de mariée, pareille à ces madones qui, dominant les tabernacles dans le jour assombri des voûtes, se détachent radieuses sur un fond d'or.

Elle frissonne.

Lentement ses yeux s'animent, sa poitrine vibre. Un sourire lui met de la clarté aux dents. Elle étire avec volupté ses bras, élevant ainsi une ombre sur son visage et à sa céleste quiétude succède une pâmaison avachie, une torpeur éreintée de fille.

SCÈNE SEPTIÈME

LA SIDONIE, PIERROT
puis LES PORTEURS D'UNE CHAISE

La porte du cabaret s'ouvre et dans le jet d'une flamme de lycopode, vomit Pierrot dont le nez

devenu rouge flamboie au centre de sa peau blême.

Sa main agite une bouteille; la sidonie le regarde curieusement. Lui, après avoir tourné de ci, de là, trébuché un peu partout, finit par l'apercevoir et demeure frappé d'admiration.

Il la salue, la resalue, lui présente le goulot de sa bouteille. Elle la repousse; il achève la fiole.

— Voulez-vous me suivre au cabaret, lui demande-t-il?

Elle fait signe que non. Stupeur de Pierrot. Que lui offrirait-il bien? — Les femmes sont corruptibles, il ne le sait que trop... Une robe, peut-être!... Oui, pourquoi pas?... Une robe! une de ces robes soyeuses, à traîne toute couverte de dentelles... Il la gratifierait aussi d'un chapeau, d'un chapeau hérissé de plumes..., et de mules décolletées, longues comme la main..., et d'une cravate!

La sidonie refuse.

Il lui propose cent sous qu'il tire de sa poche et se campe devant l'œil.

Elle refuse encore.

Il lui propose des promenades à cheval, une tournée en barque, une partie de chasse, les plaisirs de la pêche, un enlèvement en ballon, le bal public.

Elle refuse toujours.

(Un silence. — L'orchestre joue l'air des bijoux de Faust.)

L'inspiration descend en Pierrot.

— Que penserait la sidonie d'un souper fin?

Il se bourre de mets imaginaires, d'indigestes gibelottes, de veaux marengo mous et fades.

Le visage de la sidonie s'illumine d'une joie manifeste. Au bruit que lance le pétard d'une bouteille de champagne, la voilà qui godille... elle est vaincue!

Pierrot héle une chaise à porteurs.

La vitrine du coiffeur s'ouvre et la sidonie en sort légèrement fripée. Elle fait bouffer sa jupe blanche.

La chaise démarre. En avant! les porteurs galopent sur la place comme s'ils accomplissaient un voyage.

On s'arrête devant la maison de Pierrot. Celui-ci paie les frais, offre sa main à la sidonie et monte vers sa chambre, après avoir arrosé d'eau bénite la place où précédemment se dressait le cercueil et offert à sa compagne un bouquet d'immortelles oublié par terre.

(*Les porteurs et leur chaise s'enfoncent dans une ruelle*).

SCÈNE HUITIÈME

PIERROT, LA SIDONIE

Tous deux montent dans la chambre. A tâtons Pierrot allume une bougie, puis se pince le nez comme si une puanteur terrible le suffoquait.

« Les parfums de feue ma femme, pense-t-il. » Et il asperge d'eau de cologne le parquet. La sidonie tire son mouchoir; elle en désire un peu.

(Ici on entendra le tailleur se débattre dans l'armoire.)

Aussitot Pierrot impose silence au placard à l'aide de ses poings, et les mains en avant, sans plus long préambule, furieusement il marche sur la sidonie. Elle étend son bras de cire; un bruit sec retentit et Pierrot s'étale, les quatre fers en l'air. Ses manières deviennent plus douces. Le but immédiat serait de la violer, mais l'attaque est périlleuse, les biceps de la sidonie très durs. Donc il faudrait la déshabiller, le reste deviendrait facile.

La sidonie témoigne qu'elle a faim.

— Très bien, répond Pierrot; alors mettons-nous à l'aise, l'appétit me manquerait sans cela. Je vais vous décoiffer.

(Il enlève son habit).

Habituée par les exigences du métier à se laisser peigner et dépeigner, la sidonie s'assied avec tranquillité. Pierrot commence par lui cueillir les fleurs d'oranger de sa coiffure et va les piquer dans un pot de fleurs, sur la cheminée. Mécaniquement, elles s'épanouissent sous ses doigts; les fleurs se transforment en oranges. Il les arrache, les dépose au fond d'un tiroir, puis revient à la sidonie. Sa belle coiffure lui reste dans les mains, et son crâne bombe, dénudé, pareil à un dôme de sucre rose. Pierrot l'époussète, y découvre une boîte, en soulève le couvercle, y prend une écrevisse, l'épluche et la gobe. Il s'assure que la boîte est vide et, mécontent, rajuste la perruque. Cependant l'écrevisse l'a mis en goût.

Il apporte une table chargée d'un litre, d'une miche de pain, d'une lune de brie coulant.

La sidonie se sent heureuse. Enfin! elle va manger... Mais Pierrot escamote le litre, jongle avec le pain et se coiffe du brie, comme d'un béret.

— Pas d'amour, pas de nourriture!

Elle lui dépose un baiser sonore sur la joue; il lui sert à boire.

— Du pain, fait la sidonie.

Pierrot tend son autre joue.

Et il se prépare à réclamer un troisième baiser contre un morceau de fromage, quand un nouveau vacarme du tailleur éclate dans l'armoire. Pierrot se retourne, sourit. On frappe à la porte du corridor. Un homme est là, dans la nuit, qui désirerait entrer.

SCÈNE NEUVIÈME

LES PRÉCÉDENTS, UN MARBRIER

C'est le marbrier qui vient apporter le projet de monument qu'il a dessiné pour la morte. Il entr'ouvre la porte et entre, le visage hilare.

Avant de savoir pourquoi il est entré, Pierrot

saute sur un bâton et le rosse, puis il lui tend la main et on échange une accolade fraternelle.

— Cher maître, quel bon vent vous amène?

Le marbrier déroule un immense rouleau de papier. Pierrot trouve le projet de monument infect et le témoigne.

— Comment, infect?

Et le marbrier se fâche lorsqu'il aperçoit la sidonie. Elle se tient rigide, sans regard, comme une statue.

— Vous êtes donc sculpteur, monsieur Pierrot?

— Pouh!... pouh! répond Pierrot..., quelquefois..., à mes moments perdus.

— Eh bien, permettez-moi de ne pas vous complimenter.

On se dispute; la sidonie se dresse avec un geste de poissarde. Terrifié, le marbrier s'enfuit.

SCÈNE DIXIÈME

PIERROT, LA SIDONIE

Alors, brutalement, Pierrot d'une main montrera le lit à la sidonie, de l'autre décrochera un coupe-choux de la muraille.

— L'un ou l'autre?

— Ni l'un, ni l'autre, riposte la sidonie.

— Tous les deux, fait-il.

Et la sidonie s'échappe à travers la chambre. Pierrot la poursuit. Des bruits sortent encore de l'armoire; d'un air froid à trois reprises, Pierrot y enfonce son sabre.

SCÈNE ONZIÈME

LES PRÉCÉDENTS, UN GOMMEUX

Arrive un gommeux. Pierrot va pour le frapper aussi, mais s'arrête en le reconnaissant.

— Mon vieux, lui chuchote-t-il à l'oreille, procure-moi le plaisir de décaniller, tu le vois, je ne suis pas seul.

— Ah! ah! fait l'autre. Mes compliments, très cher, elle est exquise... et elle coûte?

— Rien..., à l'œil! répond Pierrot.

— Bigre. (*Il salue la sidonie.*)

Celle-ci, en le voyant, s'est allumée. Le gommeux qui s'en est aperçu, lui offre la main. Enhardie, elle lui saute au cou; deux baisers bruyants retentissent.

Le sabre de Pierrot tournoie, s'abat sur la sidonie. — Elle tombe.

Cette exécution calme le gommeux. Devenu soudain régence, il ramasse la demoiselle, la dépose sur le lit, la recouvre du drap, dit adieu à Pierrot et se cogne contre une vieille femme qui entre. Celle-ci tombe sur le nez, ne bouge plus.

SCÈNE DOUZIÈME

PIERROT, LA VIEILLE, LA SIDONIE

Le gommeux a disparu et Pierrot reste seul, debout, sournois, entre les deux femmes.

Il va remettre son tranche-lard à la muraille et

Chéret

revient vers la vieille. Il la flaire, la touche de l'index, la secoue un instant..., puis lui lance un coup de talon au derrière.

La vieille gigotte et se plaint.

— Elle est abominablement soûle, pense Pierrot.

Il l'accable de coups de pieds. Mais frappé d'une idée subite, il l'empoigne par les épaules, la dresse et la colle contre le mur. La vieille, comme piquée sur un bouchon, demeure immobile au port d'armes.

Alors Pierrot prendra le litre et ira le poser sous le nez de la femme qui halètera de bonheur et suivra Pierrot marchant à reculons. Aussitôt près du lit, la vieille se souviendra qu'elle est garde malade.

Elle devait venir pour celle qu'on a emportée, mais le cassis l'a retenue chez une concierge, dans une loge, au loin.

La sidonie gît sur le lit.

Celle-là ou une autre, qu'importe!

En titubant, la vieille allume deux bougies qu'elle dépose sur la table de nuit, prend un bol plein d'eau, y trempe un petit plumeau de cheminée, goupillonne la sidonie et retombe par terre, dans un état d'ivresse plus complet encore.

Pierrot la roule ainsi qu'une futaille, dans un coin.

— Ouf! à l'autre maintenant!

Il se retourne; la sidonie s'est relevée, s'est assise sur le lit et a regardé Pierrot rouler la vieille.

Celui-ci, à son tour, l'examine.

Il se jette à ses genoux; la sidonie le repousse. Il la supplie de lui céder, mais c'est en vain. Il l'implore, se tord à ses pieds, se livre à toutes les grimaces de la passion. Rien ne peut échauffer ce corps glacial.

Et brusquement Pierrot éclate de rire.

Il prend une bougie, l'approche des draps. Le lit flambe; des jets de feu montent et crépitent; l'incendie ronfle, augmente avec rage.

La sidonie se dresse au milieu du brasier, dans sa robe blanche. Pierrot recule.

Des coups frappent dans le placard, de plus en plus lamentables. La porte cède, un squelette, celui du tailleur, s'abat.

Pierrot se précipite hors de la chambre, trouant la fumée où bientôt s'étale la sidonie.

Les murailles rongeoient comme des gueules de fournaises.

SCÈNE TREIZIÈME

LES PRÉCÉDENTS, PEUPLE

A ce moment, le tocsin s'ébranle, monte, tonne. Des pompiers, une foule arrive de toute part. Et tandis que les pompiers pomperont, tandis que les bourgeois feront la chaîne, que des femmes pousseront des cris de détresse, tandis que les rumeurs grandiront mêlées au lourd vacarme du tocsin, Pierrot, le sceptique Pierrot, sur la place, se rue dans la boutique de la mercière et victorieusement il en sort, tenant entre ses bras la femme de carton, Thérèse! et l'embrassant éperdument, il fuit avec elle loin du sinistre.

ACHEVÉ D'IMPRIMER

SUR LES PRESSES DE

J. CHÉRET, IMPRIMEUR A PARIS

Le 15 Juillet 1881

POUR

ÉDOUARD ROUVEYRE

LIBRAIRE-ÉDITEUR

A PARIS

DES MÊMES AUTEURS

Pour paraître successivement

DANS

CETTE CURIEUSE & ORIGINALE COLLECTION

L'ENFANT PRODIGE.

LA MAISON ENCHANTÉE.

LE SIÈGE DE PARIS.

LE SONGE D'UNE NUIT D'HIVER.

LA TENTATION DE SAINT PIERROT.

LA MORT.

LISTE DES ÉDITIONS D'AMATEURS

Tirées à petit nombre

Imprimées avec grand luxe par les premiers imprimeurs de France

Et publiées par

ÉDOUARD ROUVEYRE, ÉDITEUR

1, Rue des Saints-Pères, à Paris

Les ouvrages épuisés ne seront pas réimprimés

ÉDITIONS D'AMATEURS ET DE BIBLIOPHILES

Carnet d'un mondain.
L'intermédiaire des Chercheurs et Curieux.
Miscellanées Bibliographiques (1878, 1879, 1880).
Connaissances nécessaires à un Bibliophile (1re partie).
Connaissanees nècessaires à un Bibliophile (2e partie).
Cohnaissances nécessaires à un amateur d'objets d'art et de curiosité.
Théâtre des Boulevards.
Petits Chefs-d'Œuvre du XVIIIe siècle
Le Directoire.
Gazette anecdotique du règue de Louis XVI.
La Régence.
Traité complet de la science du Blason.
Catalogue des Ouvrages, Écrits et dessins de toute nature, poursuivis, supprimés ou condamnés.
Les Ruelles au XVIIIe siècle.
La Comédie et la Galanterie au XVIIIe siècle.
Mémoires du duc de Lauzun.
La Société galante et littéraire au XVIIIe siècle.
L'Opéra secret au XVIIIe siècle.
La cour et la ville au XVIIIe siècle.
Le Luxe des Livres.
Histoire de l'ornementation des manuscrits.
Recherches bibliographiques.
Bibliographie générale des petits formats, dits Cazin.
Manuel du Cazinophile.
Index librorum prohibitorum.
Centuria librorum absconditorum
Les amateurs de vieux livres.
Histoire de l'Imprimerie.
Les Autographes en France et à l'Etranger.
Manuel du Bouquiniste.
De la matière des livres.
Un Bouquiniste parisien.
Ce sont les secrets des Dames.
Croquis contemporains.
Le Petit Monde.
Caprices d'un Bibliophile.
Le Bric-à-Brac de l'Amour.
Le Calendrier de Vénus.
Les Surprises du Cœur.
Du Mariage.
Idée sur les Romans.
Le droit du Seigneur et la Rosière de Salency.
Les Tapisseries françaises.
Les Tapisseries d'Arras.
De la Poterie gauloise.
Traité de décoration sur Porcelaine.
Annuaire de la Papeterie latine.
Notes d'un curieux.
Descriptions des collections des Sceaux-Matrices.
Poésies de Prosper Blanchemain.
La verrerie antique.
Coups de plume indépendants.
Les Fleurs boréales.
Ameublement et décoration des appartements.
Art de vivre longtemps
Art d'avoir des enfants.
Reliure d'un Montaigne.
Documents pour servir à l'histoire de la Librairie parisienne.

Tous ces ouvrages se trouvent analysés, — avec indications des prix et justifications des tirages, sur le Catalogue de la Librairie ÉD. ROUVEYRE.

Imp. Jules CHÉRET, 18, rue Brunel, Paris

www.ingramcontent.com/pod-product-compliance
Ingram Content Group UK Ltd.
Pitfield, Milton Keynes, MK11 3LW, UK
UKHW022153190726
13855UKWH00004B/1455

9 782013 058230